L’oiseau de Mona

Pour Amer et sa famille,
avec toute mon affection…

Sandra P. C.

L'auteur a bénéficié, pour la rédaction de cet ouvrage,
du soutien du Centre national du livre.

L'oiseau de Mona

Sandra Poirot Cherif

RUE DU MONDE

J'ai huit ans et je m'appelle Mona.

J'habite dans la cité des Fleurs.

Tous les dimanches matin, je vais courir dans le parc avec mon papa.

Je suis très forte en dictée,

mais je n'aime pas du tout les maths. (surtout les problèmes)

Maman dit que, pourtant, mes grands-mères sont très fortes en mathématiques.

Objectifs
Orthographe
Nom
Date

Avec mes copines, je fais de la danse.

C'est très beau, la danse.

Bientôt, nous allons faire un spectacle.

Ça me rend légère, la danse.

C'est moi qui les ramasse
et qui les distribue.

Dans ma classe, je suis responsable des cahiers rouges.

J'aime jouer avec mes amis de l'école.

Mais je ne suis pas comme tout le monde…

J'ai un oiseau noir.

Il me suit partout.

Quoi que je fasse, il est là.

parfois, il est petit et discret.

Parfois, il est très gros,

il crie très fort !

et je ne peux plus réfléchir à rien...

À l'école, nous sommes plusieurs à avoir des oiseaux noirs.

Dans ma classe, il y a Mauricio.

Mauricio fait toujours des blagues à la maîtresse et ça fait rire tout le monde.

Il est très gros, l'oiseau qui suit Mauricio.

CEΛ

Papa et maman aussi, ils ont des oiseaux noirs.

Nous habitons chez ma tante.

Nous devons dormir tous les trois dans la même chambre.

Avant, ma tante et ses enfants, ils avaient eux aussi des oiseaux noirs.
Un jour, le facteur leur a apporté des papiers dans une enveloppe
et leurs oiseaux se sont envolés.
Ma tante dit qu'elle a pleuré de bonheur, ce jour-là.

Tous les matins, papa guette le facteur.

Papa m'a expliqué que ce sont les papiers
qui donnent le droit de vivre et de travailler en France.

Je ne comprends pas.

Mes parents et moi, nous sommes là, et pourtant nous n'avons pas le droit.

Nous prenons le bus comme tout le monde.

Nous faisons nos courses comme tout le monde.

Je suis inscrite à l'école comme tout le monde.

Maintenant, en plus, maman et papa parlent très bien le français.

Vraiment, je ne comprends pas comment on peut faire tout ça

sans avoir le droit.

Ils m'énervent, ces oiseaux.

À la sortie de l'école, maman parle souvent
de son gros ventre avec les autres mamans.
Les autres mamans lui demandent si elle sait déjà
si c'est une fille ou un garçon.
Maman préfère que ce soit une surprise.
Mais elle aimerait bien avoir un petit garçon…

Moi, petit frère ou petite sœur, ça m'est égal.

*J'ai juste envie qu'il arrive vite pour pouvoir le promener
dans une poussette.
Comme ma copine Zoé…
Parfois, c'est elle qui promène son petit frère.*

Un soir, papa est rentré avec un gâteau au chocolat et une enveloppe.

Il était très content.

Dans l'enveloppe, ce n'était pas des papiers mais une promesse.

Un patron a promis de lui donner du travail (quand son oiseau se sera envolé).

Lisa et Juliette sont venues manger ; ce sont elles qui ont aidé papa.

Avant, papa, il fabriquait des maisons.
C'était ça, son métier.

Si papa a un travail, nous pourrons habiter

dans un appartement rien qu'à nous.

Parfois, la nuit, je n'arrive pas à dormir.

Papa m'a expliqué que nous venons d'un pays très loin, un pays très beau où il y a la mer et beaucoup de fleurs… Mais il y a aussi la guerre, dans ce pays.

Moi, je ne m'en souviens plus.

J'avais trois ans quand nous sommes partis…

Est-ce que le bébé de maman, il aura un oiseau noir, lui aussi ?

Un matin, Mauricio n'était plus à l'école.
Juliette et Lisa ont fait signer une lettre par tous les parents pour qu'il revienne, mais on ne l'a jamais revu.

Certains enfants disent que les gendarmes l'ont mis dans un avion avec ses parents pour les envoyer dans leur pays d'autrefois.
D'autres enfants disent qu'on les a enfermés dans un centre.

Observations
école

Depuis, presque toutes les nuits, je me réveille.

J'ai peur qu'on m'envoie dans un pays

où il y a des gens méchants qui font la guerre.

Je ne veux pas quitter mes copains de l'école.

J'ai peur des gendarmes.

En plus, mes copines ne pourraient pas faire le spectacle de danse.
(C'est moi qui dois leur donner le signal de départ en faisant la roue.)

Ça y est ! C'est le spectacle !

Je porte le beau tutu avec des ailes d'ange que maman m'a cousu.

(Elle a tout juste eu le temps de le finir et elle est partie à la maternité.)

La musique commence, je m'élance toute seule sur la scène.

Mes pieds ne touchent presque plus par terre

et j'ai l'impression que je vole.

Je crois bien que c'est mon oiseau qui me porte.

Je fais la roue et les autres danseuses arrivent sur scène.

Il y a de la lumière partout, je suis tellement légère…

Quand la musique s'arrête, je me rends compte que mon cœur bat très fort.

Les gens applaudissent et papa pleure.

Ensuite, papa m'emmène voir maman et mon petit frère à la maternité.

Dans le bus, il me dit que j'étais très belle.

Il me dit qu'il est fier de moi.

Il me dit que tout ira bien…

maman

...oui, tout ira bien...

Ce livre est imprimé sur du papier Condat mat Périgord,
issu de forêts gérées durablement, répondant aux normes suivantes :
ECF (Elemental Chlorine Free), sans acide à longue durée de vie,
conforme aux exigences européennes
concernant la teneur en métaux lourds (98/638 CE),
recyclable et biodégradable.

IMPRIM'VERT®

Direction éditoriale et artistique : Alain Serres
Maquette : V.D. + K.O.

ISBN : 978-2-35504-039-9

Achevé d'imprimer en août 2013
sur les presses de l'imprimerie Clerc
à Saint-Amand-Montrond (18) - France
Dépôt légal : août 2008